Thore Stonewood

Tödlicher Affront

AF284251

1. Auflage, 2021

Idee und Text:
© Dr. med. Rolf Peter Hampel-Landsberg, 2020

Herausgeber:
Dr. med. Rolf Peter Hampel-Landsberg
Lessingstraße 24, 53721 Siegburg
thore.stonewood@mail.de

Titel und Umschlaggestaltung:
Dr. med. Rolf Peter Hampel-Landsberg
Daniela Landsberg

Korrektorat und Lektorat
Daniela Landsberg

ISBN: 9783752660524
Herstellung und Verlag: BoD- Books on Demand,
Norderstedt

Bibliografische Information der Deutschen
Nationalbibliothek:
Die Deutsche Nationalbibliothek verzeichnet diese
Publikation in der Deutschen Nationalbibliografie,
detaillierte bibliografische Daten sind im Internet über
http://dnb.d-nb.de abrufbar.

Ich danke meiner Frau Daniela für die geduldige Unterstützung, die Motivation sowie die professionelle Durchsicht und Korrektur.

Ich war eigentlich nie ein aggressiver Mensch, nur heute gingen mir die Autofahrer ziemlich auf die Nerven. Ok – vielleicht bin ich heute ein wenig gereizt, sozusagen die Vorfreude dessen, was ich für heute geplant habe, aber meine Lichthupe war noch nicht im Spiel des heutigen „Autobahn Grand-Prix". PS-stärkere Fahrzeuge, welche mich in knappen Abständen überholten, lösten in mir ein zwiespältiges Gefühl aus. Zum einen sehe ich gerne hubraumkräftige schnelle Autos, zum anderen – und das Gefühl ist irgendwie neu in mir – brachte es mich zu sehr bösen Gedanken, wenn jemand schneller an mir vorbeifuhr. Ich stellte mir manchmal vor, wie der Fahrer oder die Fahrerin an einem LKW oder einem Baum zerschellte. Jetzt will ich mich aber nicht mehr von solchen trivialen Gegebenheiten ablenken lassen.

Jetzt ist es schon sechs Monate her. Ich ging nochmal alles durch. Um mein Vorhaben mit höchster Qualität abzuschließen, konzentrierte ich mich noch einmal, wie ich es auch in meinem beruflichen Alltag machen würde. Von den Symptomen über die Diagnostik zur Therapie. Um alles in Ruhe zum letzten Mal durchzudenken, fuhr ich auf einen Rastplatz und entspannte eine Weile. Ich nahm einige Schlucke Kaffee aus meiner Thermotasse und fing an, meinen inneren Film abzuspulen.

***

Es fing alles an einem sonnigen Freitagmorgen an. Das ganze Ärzteteam war gut gelaunt – die meisten Kollegen hatten ja auch Wochenendfrei – und das Pflegeteam war ebenfalls fröhlich und sehr kooperativ. Unsere Ambulanz war voll. Es war gegen 11:00 Uhr, wir waren drei ärztliche

Kollegen, um die Patienten im Tagesgeschäft abzuarbeiten.

Ich spielte gerade mit dem Gedanken, länger als ein halbes Jahr an diesem Ort zu arbeiten. Auch wenn es meine Planung in Sachen Freiheit und Ortsveränderung unter Umständen durchkreuzen würde. Ich hatte mir vorgenommen, etwa zehn Jahre an verschiedenen Orten ärztlich tätig zu sein, um dann – wenn es sich ergibt – an einem schönen Ort die letzten Berufsjahre zu verbringen. Mein Work-Life-Index war klar definiert. Arbeiten nur an Orten, an denen es sich – landschaftlich schön anzusehen – gut leben lässt.

Nachdem ich nach meiner Facharztprüfung als Chirurg und Notfallmediziner noch weitere acht Jahre als Oberarzt in einer süddeutschen Großstadt gearbeitet hatte, reichte es mir mit der Eintönigkeit und der gefühlten Abhängigkeit von egozentrischen Vorgesetzten und so machte ich mich als sogenannter ‚Free-Lancer' auf den Weg, um an verschieden Orten eine Zeit lang zu arbeiten. Meine aktuelle Stelle war die eines normalen Facharztes in der Notaufnahme einer mittelgroßen Akutklinik in einer Kreisstadt im Schwarzwald. Da ich hier schon fünf Monate arbeitete und sämtliche Motorradstrecken der Region kannte, liebäugelte ich bereits mit einer Klinik am östlichen Ufer des Bodensees.

Nun wieder zurück in die Ambulanz. Ein Kollege bat mich in diesem Moment, einen Patienten zu übernehmen, welcher an seinem Arbeitsplatz plötzlich mit starken Bauchschmerzen zusammengebrochen sei und danach über einer Stunde mit Durchfall auf der Toilette gesessen habe. Ich holte ihn in eine Behandlungskabine und befragte ihn nach seinem medizinischen Problem. Währenddessen legte eine Krankenschwester einen venösen Zugang in den linken Arm des Patienten und leitete eine Infusion mit Natrium und Kalium ein. Ich bat noch um ein krampflösendes Mittel, welches ich dazu injizieren wollte. Der Patient maulte mich daraufhin in einem barschen Ton an, ob ich nicht wüsste, was zu tun sei und ob ich nicht erst einmal eine richtige Diagnostik betreiben wollte. In ruhigem Ton antwortete ich ihm, dass ich wüsste, was ich tat und es zunächst reichen sollte, erst einmal die Symptome zu lindern – zumal der Herr mir erzählte, dass er gestern Abend mit Freunden nach einem ausgedehnten Dinner in einer Cocktailbar gewesen sei und dort mehrere Longdrinks zu sich genommen habe.

Nach einer ausführlichen Anamnese – also das Abfragen von möglichen (Vor-)Erkrankungen – untersuchte ich den Patienten körperlich im Hinblick auf eine Lebensmittelvergiftung oder einen Magen-Darm-Infekt. Ein deutlicher Hinweis darauf waren die – schon ohne Stethoskop hörbaren – Darmgeräusche. Als ich dem Patienten meine Verdachtsdiagnose erklärte, wurde er noch unverschämter. Ich würde mich vertun. Dort, wo er regelmäßig essen und trinken ginge, sei ihm so etwas noch nie passiert und das, was ich sagte, alles Blödsinn wäre. Dann forderte er mich auf, dass ich ihn sofort für einen stationären Aufenthalt vorbereiten sollte. Als der unsympathische Herr – ich nenne ihn hier ‚Vollpfosten' – immer lauter wurde und mich immer weiter als unfähigen Arzt titulierte, wurde es mir zu bunt und ich wies ihn daraufhin an, dass die Behandlung hier beendet sei und er nach Hause gehen oder fahren solle. Ich sah keine medizinische Notwendigkeit, ihn in der Klinik zu behalten. Er machte auch keinen ausgetrockneten Eindruck, als ob er eventuell sehr viel Flüssigkeit verloren hätte. Ich hatte kein schlechtes Gewissen. So sagte ich ihm auch nochmals vehement, dass er die Ambulanz verlassen solle und ich mit seiner Art des kommunikativen Umganges nicht übereinkäme. Er brüllte noch einmal asozial laut um sich, dass er sich bei der Geschäfts- und Krankenhausführung über mich beschweren wolle und er noch nie so einen wortwörtlich ‚beschissenen‘ Arzt gesehen habe. Zum krönenden Abschluss schaute er mir ins Gesicht und sagte: „Und…man sieht sich immer zweimal im Leben!" Jetzt hatte er mich getriggert. Ich sagte: „Garantiert!" – damit war sein Todesurteil gefällt.

***

Ich bereitete mich momentan auf dieser Raststätte also genüsslich auf meinen eigenen Auftrag vor. Während der Zeit, in der ich noch im Schwarzwald arbeitete, holte ich mir Informationen über diesen Patienten. In kurzer Zeit wusste ich nebst seiner Adresse, wo er arbeitete und wie und wo sein Alltag ablief. Ich wusste nach ein paar Tagen, wo er einkaufte, wo er ins Sportstudio ging und mit wem und wo er seine sehr unterdrückt wirkende Ehefrau betrog. Er ging immer montags, mittwochs und freitags zum Tennisspielen. Alle 14 Tage traf er sich allerdings mittwochs auf einem abgelegenen Parkplatz nahe dem Tennisplatz mit seiner Liebhaberin. Diese Frau und die Umstände herum waren mir komplett egal. Ich plante nur diesen Ort als Hinrichtungsstätte aufzusuchen. Ich wusste, dass der ‚Vollpfosten' immer ca. 15 Minuten vor seiner Liebhaberin vor Ort war. Dies war sein Schicksal.

Ich fuhr von der Raststätte wieder auf die Autobahn. Nach ca. einer weiteren Stunde befand ich mich auf den letzten Kilometern zu dem Parkplatz. Es dämmerte. Ich wusste, dass es in einer halben Stunde dunkel sein würde. In etwa 40 Minuten erwartete ich ihn. Der Parkplatz war von außen nicht einsehbar. Viele Bäume und Sträucher umgaben ihn. Die nächsten Wohnhäuser waren mehrere hundert Meter entfernt. Dann bog ich ein und der Parkplatz befand sich direkt in schlechter Beleuchtung vor mir. Ich stellte mich mit meinem unbeleuchteten

Wagen in einen Weg zwischen Sträuchern, stieg aus und prüfte, ob man das Auto von der Stelle aus sah, wo er immer parkte. Alles war optimal, die Sträucher waren seit dem letzten Check noch einmal ein paar Zentimeter gewachsen.

Da sah ich schon einen Lichtkegel auf den Parkplatz, der auf mich zukam. Es wurde immer heller. Da kam er also, der ‚Vollpfosten'. Ich glich das Kennzeichen mit der Wagenfarbe ab, es stimmte alles. Ich schlich schnell zurück zu meinem Fahrzeug und holte mein großes Jagdmesser heraus, welches ich immer im Wagen unter dem Fahrersitz hatte. Dann ging alles sehr schnell. Ich bewegte mich vorsichtig zu dem geparkten Auto, erkannte ihn und warf einen Stein gegen die Seitenscheibe des Beifahrerfensters. Er stieg fragend aus, ging um das Auto herum und schon stand ich hinter ihm. In Sekundenschnelle schnitt ich ihm die Kehle durch. Ich drehte ihn herum und sah ihm in die großen, aufgerissenen Augen. Ich sagte zu ihm:

„Du hattest Recht, Vollpfosten – man sieht sich wirklich zweimal!", und rammte ihm mehrmals das Messer in den Bauch, nahe der Aorta. Er sackte sofort lautlos zusammen. Ich verharrte einen kurzen Moment und verspürte ein unbeschreibliches Glücksgefühl. Er konnte mich niemals mehr beleidigen oder denunzieren. Rasch ging ich zu meinem Hybrid-Auto, startete – der Verkäufer hatte Recht, der Elektromotor zahlt sich wirklich aus – und fuhr mit Standlicht leise davon. Nach ca. 300 Metern kam mir ein Kleinwagen entgegen. Es schien wohl seine Affäre zu sein. Augenblicklich schaltete ich das Fahr- und Fernlicht ein, damit ich nicht zu erkennen war und fuhr schnell auf die naheliegende Landstraße Richtung Autobahn. Ich fühlte mich erleichtert und mit mir im Reinen.

So wurde ich – erneut – zu einem aktuell gesuchten Mörder – und es machte mir – wie immer – nichts aus, weil ich wusste, dass ich überlegen war und man mir nicht auf die Spur kommen würde. Ich fuhr entspannt zu meinem aktuellen Wohnort – an dem sich meine jetzige Arbeitsstelle befand – zurück und freute mich auf den nächsten Arbeitstag in der dortigen Ambulanz.

***

Hier am Bodensee tickten die Uhren anders. Ich dachte, im Schwarzwald wäre es relaxt und gechillt, aber das war kein Vergleich zu dem hier. Die Menschen hier hatten schon irgendwie eine Schweizer Mentalität. Gehetzt wurde nicht. Notfälle wurden natürlich als Notfälle auch rasch und kompetent behandelt, aber eine sich überschlagende Hektik – wie ich es sonst bei brenzligen medizinischen Notfällen erlebt hatte – kam hier bislang nicht vor. Alles wurde bedacht, professionell und mit einer souveränen Gelassenheit abgearbeitet. Reanimationen waren unter diesen Aspekten genauso erfolgreich, aber auch erfolglos, wie bei dem hektischen Durcheinander in solchen Situationen, bei meinen vorherigen Arbeitgebern. Ich musste und wollte mir diese Gelassenheit auch selbst aneignen. Bis zu einem gewissen Grad gelang mir das auch.

Ich wusste ja, dass ich in gewissen Situationen sehr kühl und zielorientiert sein konnte. Fehler durften halt keine gemacht werden. Freizeitmäßig gab es ein vielfältiges Angebot. Von einmaligen Motorradtouren nach Österreich und in die Schweiz und nördlich des Bodensees bis hin zum Ausleihen von Booten und Flügen über Deutschlands größten See.

Da ich selbst keine Familie mehr hatte und auch sonst keine sozialen Verpflichtungen, hatte ich neben meiner Arbeit jede Menge Platz für die Sachen, die nur mich interessierten und die ich auch mit keinem teilen wollte oder musste. So war ich damals der festen Überzeugung, dass ich hier angekommen war. Aber, es kam mal wieder anders und so machte ich mich auf, um mich wieder woanders zu bewerben.

***

An einem normalen Arbeitstag verbrachte ich diesen wieder in der Ambulanz. Ich versorgte die Patienten ordnungsgemäß und bekam auch hin und wieder ein Lob von ihnen, aber auch von meinen Kollegen. Das förderte natürlich die Motivation, weiter mit ‚Vollgas‘ den Beruf und diesen Job auszuführen und es hielt meine Aktionen für Rache bei persönlichen Angriffen und Beleidigungen in Schach. Gegen frühen Nachmittag – meine Arbeitszeit war schon fast zu Ende und ich hatte keinen Bereitschaftsdienst – rief mich der gefäßchirurgische Chefarzt in den Operationssaal und bat mich, ihm bei einer schwierigen Gefäßoperation im Beckenbereich zu assistieren. Er wusste, dass ich unter anderem mal fast vier Jahre in der Gefäßchirurgie einer Universitätsklinik tätig war.

Die Operation gestaltete sich als sehr kompliziert. Der Patient wurde zum dritten Mal an den Beckenarterien operiert. Im Moment verlor er sehr viel Blut und ich kam kaum mit dem Saugen zur Sichtfreiheit des Operations- und Zielgebietes hinterher. Ich bemerkte, wie der Chefarzt immer hektischer wurde und ich vermutete, dass er seine operative Hochzeit schon länger hinter sich gelassen hatte. Eine wichtige Naht wollte ihm nicht gelingen und so bot ich ihm an, dies gerne zu versuchen. Das Angebot an sich war wohl schon eine Nuance zu viel. Plötzlich änderte sich sein Ton und er fing an, unkontrolliert herumzubrüllen. Schwester hier, Assistent dort. Die ersten Operationsinstrumente wurden nicht mehr korrekt abgegeben und fielen herunter. Schließlich beschuldigte er mich, dass eine bestimmte Naht nicht korrekt gesetzt werden konnte, weil ich so schlecht assistierte – sprich saugte – und das Zielgebiet nicht korrekt darstellte. Meiner Erfahrung nach war das Problem allerdings ein anderes. Es gelang dem Operateur nicht, unter seinem – vermutlich alkoholbedingten – Tremor – also seinem Zittern – eine Blutung zu stillen und so kam der Patient in eine lebensbedrohliche Situation. Zuletzt warf mich der Chefarzt im wahrsten Sinne des Wortes aus dem Operationssaal und brüllte, dass er mit der Operationsschwester alleine zu Ende operieren werde.

Ich verließ wunschgemäß den OP-Saal und zog mich wieder um. Meine Gedanken waren bei dem Patienten. Ich war noch ziemlich gelassen, obwohl ich schon ziemlich barsch am OP-Tisch angegangen wurde. Da ich aus meiner chirurgischen Erfahrung solche Situationen kannte und ich damit gut umgehen konnte, machte es mir in dem Augenblick nichts weiter aus. In der Regel waren die leitenden Operateure nach solchen Anspannungen außerhalb des OP-Saales wieder völlig ruhige und sachliche Kollegen.

Hier allerdings war es anders. Ich erfuhr am nächsten Tag, dass der von mir mitoperierte Gefäßpatient in der Nacht verstorben war. Es gab eine nicht zu beherrschende Nachblutung und aufgrund seines Alters – er war 76 Jahre – hatte er nicht mehr die Kraft, eine solche Komplikation zu überleben. Es erfolgte in der Nacht noch eine Notoperation und es wurde noch einmal in das Operationsgebiet geschaut. Eine zielführende, therapeutisch notwendige Naht war allerdings nicht mehr möglich.

Am nächsten Morgen saß ich wie immer mit allen Ambulanzärzten in der Frühbesprechung. Plötzlich ging die Tür auf und der Chef der Gefäßchirurgie stürmte aufgebracht in den Besprechungsraum hinein. Ohne ein obligatorisches ‚Guten Morgen' setzte er sich auf einen freien Stuhl am Kopfende des langen

Tisches und wetterte sofort los, wie schlecht die chirurgische Qualität der Mediziner in der Ambulanz sei. Ganz besonders von – er zeigte vor den sämtlichen Kollegen auf mich – dem Kollegen hier. Aber das war noch nicht alles. In einer dramaturgisch emotionalen – eher schlechten – Ansprache beschuldigte er mich, am Tode des Gefäßpatienten Schuld zu sein. Alle waren sprachlos – nur ich sah ihn an und sprach in ruhigen Ton: „Ich weiß, dass dies eine sehr anspruchsvolle OP war, die Sichtverhältnisse sehr schwierig waren und ich so gut es ging eine Operationsgebiet-Darstellung versuchte – aber leider…" Der Chefarzt unterbrach mich vehement und sagte, dass er leider nicht mein direkter Chef wäre, sonst würde er solch einen schlechten Chirurgen wie mich sofort hinausschmeißen. Nach diesem Satz stand er auf, sah in die Runde der acht Ärzte und schaute mir dann in die Augen. Ich erkannte, dass er wieder getrunken hatte – es traute sich allerdings niemand, ihn – fünf Monate vor seiner Berentung – auf dieses Thema anzusprechen. Er fixierte mich mit seinen gläsernen Augen und sagte in einem scharfen Ton: „Kollege, wir sehen uns noch!" Plötzlich verfiel ich in meinen bekannten Modus und sagte – mit für die anderen einer wohl seltsam klingenden Stimme: „Ganz sicher werden wir uns noch einmal sehen, Herr Chefarzt!" Am nächsten Tag – nach Feierabend – schaute ich mich entspannt nach einer neuen Anstellung in einer anderen schönen Gegend um.

***

Ich bekam relativ schnell heraus, dass der Chefarzt der Gefäßchirurgie geschieden war und alleine in einem Haus am Stadtrand wohnte. In der Ferne – wahrscheinlich vor seiner Terrasse – war ein Teil des östlichen Bodensees zu sehen. An zwei Tagen in der Woche brachte eine seiner beiden Töchter einen kleinen Hundemischling vorbei, den er abends gegen 20:30 Uhr noch einmal ausführte. Durch Erzählungen in der Klinik erfuhr ich, dass die Tochter alleinstehend war und in einem anderen Krankenhaus zweimal in der Woche Nachtdienste als Krankenschwester machte.

***

Inzwischen – es waren nun ca. drei Wochen her, seit der verbalen Attacke gegen mich – gab es sogar ein Zusammentreffen mit dem Chef der Gefäßchirurgie, bei welchem er sich für seine überzogene Reaktion mir gegenüber entschuldigte und mir sogar anbot, ein Mittagessen mit ihm einzunehmen, welches ich allerdings aus – wie ich ihm sagte – Zeitgründen dankend ablehnte. Augenscheinlich vertrugen wir uns wieder und in der Klinik sprach kein Mensch mehr über die vergangene demütigende Situation. Umso besser für mich und meine Planungen.

Ich hatte seit einigen Tagen eine für mich adäquate Stelle als Chirurg in einer fränkischen Kleinstadt, welche eine – für die dortige Region – relativ bekannte Klinik mit einem guten Ruf besaß. Antreten konnte ich diese Stelle in kurzer Zeit. Meine hiesige Kündigungsfrist belief sich auf vier Wochen. Alle Kollegen – sogar der Chef der Gefäßchirurgie – fanden es sehr schade, dass ich diese Klinik wieder verlassen würde.

***

Angekommen in der neuen Region – ich hatte mir schon seit Längerem eine kleine Zwei-Zimmer-Wohnung angemietet – erkundete ich die Gegend zunächst mit dem Motorrad, dann mit dem Auto. Dem Anschein nach ließ es sich hier auch gut leben, obwohl ich zugegebenermaßen anfangs etwas Probleme mit dem harten fränkisch-bayrischen Dialekt hatte. Aber man gewöhnt sich ja an alles.

Meine neue Anstellung machte mir am Anfang nicht so viel Freude wie die Stelle am Bodensee. Ich war hier oberärztlich für die Koordination und für den Ablauf der ambulanten Patienten zuständig. Da hier am Krankenhaus eine relativ bekannte und renommierte Bauchchirurgie war, gab es tagsüber – aber auch nachts – viel in der Ambulanz zu tun. Aus dem ganzen Kreis trudelten Patienten mit Bauchproblemen oder OP-Indikationen ein. Nachts kamen oftmals viele Krankentransporte in die Notfallambulanz. Für meine berufliche Erfahrung war es allerdings keine wirkliche Herausforderung. Die Kollegen waren anfänglich reserviert – aber im Wesentlichen loyal und nett.

Ich ließ ein paar Monate herumgehen – genau genommen sieben – dann machte ich mich an meinen Plan. Ich fuhr an einem Werktag – an dem ich Überstundenfrei hatte – in das Bodenseestädtchen, in dem der frühere gefäßchirurgische Kollege wohnte und überzeugte mich von der weiterhin Regelmäßigkeit seiner Spaziergänge mit dem Hund. Alles war beim Alten. Keine Abweichungen. So legte ich in aller Ruhe seinen Hinrichtungstermin fest. Heute in 14 Tagen. Ich fuhr entspannt wieder zurück zu meinem knapp 400 Kilometer entfernten neuen Wohnort.

***

Endlich kam der große Tag näher. Morgen sollte es soweit sein. Plötzlich kam der Chef der Notaufnahme auf mich zu und sagte, dass ich morgen nicht freimachen könne, da mein oberärztlicher Vertreter kurzfristig nicht im Hause sei. Schlagartig bemerkte ich eine innere Unruhe, welche ich jedoch so gut es ging zu verbergen versuchte. War doch eigentlich alles wieder einmal perfekt geplant. Jetzt wusste ich einen Augenblick lang nicht, was ich machen sollte. Verschieben konnte und wollte ich diesen

‚Termin' nicht. Die Gefahr war dann zu groß, dass ich einen gravierenden Fehler machte. Angespannt und irgendwie auch enttäuscht setzte ich meine Arbeit fort.

Am späten Nachmittag – es war gerade etwas ruhiger in der Notaufnahme – kam mir mein Kollege auf dem Flur entgegen und rief mir mit enttäuschtem Gesicht zu, dass ich doch freimachen könne, da er morgen Nachmittag einen wichtigen Untersuchungstermin mit seiner Frau wahrnehmen müsse und somit nicht die geplante Dienstfahrt antreten könne. Er würde diesen Termin in vier Wochen nachholen.

Meine Gesichtszüge lockerten sich und ich war wieder im gewohnten '24-Stunden-Vorher-Modus'.

***

Ich überprüfte noch einmal mein Equipment, welches ich für den Abend benötigte. Meine

Stahlkugel-Schleuder war an ihrem Platz, die Überzieher für die Schuhe und die Haare sowie die Einmalhandschuhe waren vorhanden. Die neue Jogginghose hatte ich an, eine Hose zum Wechseln dabei.

Ich fuhr los und wie immer spulte ich gedanklich alles noch einmal gründlich an einer Raststätte ab. Ich aß das letzte Stück meines Hamburgers und spülte alles mit einem großen Schluck Cola nach. Dann setzte ich meine Reise fort.

Nach ein paar Kilometern bog ich in die Ortschaft ein. Es regnete – zum Glück für mich. Ich wusste, dass er auch bei diesem Wetter mit dem kleinen Kläffer Gassi ging. Jetzt hoffte ich nur, dass er auch wirklich – wie sonst – die Runde um den kleinen Teich nahm. Kurz vor dem Weiher gab es eine Stelle, welche kaum beleuchtet war. Dort – am Rande eines riesigen Strauches – war meine Beobachtungsposition. Ich parkte etwas entfernter, in einer dunklen und menschenleeren Gasse. Hier war mein Fahrzeug auch vom nächsten Haus aus nicht zu erkennen.

Ich blieb noch eine Weile sitzen und sah den Regentropfen auf meiner Autoscheibe zu. Ich stellte mir vor, dass es sein Blut ist, welches an seinem Körper hinab läuft. Diese Vorstellung löste ein wohliges Kribbeln in mir aus.

Nach ein paar Minuten packte ich meine Utensilien zusammen und machte mich auf den Weg. Hochkonzentriert lief ich die knapp 300 Meter, bis zu meinem auserwählten Strauch. Dort angekommen, blickte ich auf meine Uhr und stellte fest, dass er jeden Moment kommen müsste. Von Weitem hörte ich schon seine Stimme. „Bella, komm endlich, bei so einem Wetter habe ich wirklich keine Lust, so lange herumzulaufen." Ich hatte bereits die Schutzkleidung an und begann meine Stahlkugel-Schleuder vorzubereiten. Ich hörte seine Schritte, der Hund war zum Glück wieder angeleint. Dann trat er genau in mein Zielgebiet. Ich spannte die Schleuder, zielte ganz ruhig, atmete aus und schoss ihm genau in die Schläfenregion. Er fiel um wie ein Stein. Seine Arme und Beine zuckten relativ unwillkürlich umher. Ich schaute ob ich auch wirklich alleine war, dann trat ich an ihn heran, stellte mich direkt über seinen Brustkorb und sagte: „Sie hatten recht, Herr Kollege, wir sehen uns noch!" Dann spannte ich die Schleuder erneut, zielte auf die Mitte seiner Stirn und schoss ein zweites Mal eine Stahlkugel in seinen Kopf. Ich war die Ruhe selbst. Jedoch ging mir plötzlich der Hund durch den Kopf. Er ist ja jetzt alleine und ich wollte nicht, dass ihm etwas passiert. Ich nahm seine Leine. Bella, wie der Hund – oder besser gesagt, die Hündin – wohl hieß, war total ruhig. Nur ein leises Winseln ertönte aus ihr. Ich ging rasch in Richtung meines Wagens, lief ein paar Meter weiter und band den Hund kurz vor dem nächsten Wohnhaus an eine Laterne, in der Hoffnung, dass ein Nachbar ihn bald sah. Auf dem Weg zurück zu meinem Auto zog ich die Handschuhe aus. Ich schaute auf das kleine Loch, welches entstanden ist, als ich die Leine an der Laterne befestigte. Sollte mir das kleine Loch jetzt etwa zum Verhängnis werden? Ich überlegte kurz, ob ich nicht besser die Leine vorsorglich holen sollte. Als ich mich wieder zu Bella umdrehte, sah ich in der Ferne ein älteres Ehepaar, welches geradewegs auf den Hund zuging. Ich entschied mich, Leine „Leine" sein zu lassen und lieber zu verschwinden. Was sollte so ein kleines Loch am Handschuh schon anrichten? Erst recht im Regen und dann auch noch am Daumenballen, versuchte ich mich zu beruhigen. Ich ging also in etwas zügigerem Tempo zurück zu meinem Auto und fuhr wieder leise davon. An der Laterne angekommen, sah ich weder Bella noch das ältere Ehepaar. „Gut, dann ist der Hund wenigstens in Sicherheit", dachte ich einerseits erleichtert, andererseits war mir doch etwas mulmig zumute, wegen der Leine.

Gegen 0:45 Uhr war ich wieder in meinem neuen Wohnort. Die Schutzkleidung entsorgte ich zwischendurch auf einer Raststätte und mit ihr die mulmigen Gedanken.

***

Der nächste Arbeitstag war sehr entspannt. In der Notaufnahme war relativ wenig los. Ich konnte mich sogar ein wenig auf den Schwesternunterricht vorbereiten, den ich in den chirurgischen Disziplinen zweimal pro Woche für jeweils zwei Stunden an der hiesigen Schule für Gesundheitspflegekräfte abhielt.

Ich beschäftigte mich absichtlich nicht mit den Morden, für die ich verantwortlich war, obwohl es mir schwerfiel. Ich wollte jedoch nicht mit meinen IDs der Computer oder Daten meines Smartphones auf mich aufmerksam machen. Die Informationen, die ich aus den Nachrichten bekam, reichten mir völlig aus.

Der Unterricht in der Pflegeschule war eine schöne Abwechselung in meinem Berufsalltag.

Diese Woche stand Unfallchirurgie auf dem Programm. Da unsere Unfallchirurgie nicht der unmittelbare Schwerpunkt an dieser Klinik war und ein anderes Krankenhaus in einer Nachbarstadt ein sogenanntes Traumazentrum hatte, war der zuständige Chirurg an unserem Haus sozusagen überbeschäftigt und hatte keine Zeit für Schulunterricht oder anderweitige Fortbildungen. Laut unserer Personalplanung wird erst in vier Monaten eine zweite Stelle in unserer Allgemeinchirurgie dafür geschaffen.

Die Pflegeklasse, die ich unterrichtete, war eher klein. Insgesamt waren in diesem Kurs acht Teilnehmerinnen und drei männliche Teilnehmer. Bei den weiblichen Pflegeschülern waren auch zwei Frauen dabei, die optisch gesehen auch schon eine Erstausbildung gemacht haben könnten. Eine war bestimmt über 25 Jahre, die andere über 40 Jahre. Letztere starrte mich seit mehreren Wochen immer wieder sehr intensiv an. Dies nervte mich ungemein. Zudem drängte sie sich bei Fragen oder Fallbesprechungen fast immer in den Vordergrund. Das Ganze war mir sehr unangenehm und schaffte in mir ein eher ablehnendes Gefühl ihr gegenüber. Zumal sie wirklich nicht mein – nennen wir es Beuteschema oder besser gesagt – Typ war. Blonde Haare, ein sogenannter Pagenschnitt und eine strenge Brille. Sie sah selbst ein bisschen wie eine Lehrerin aus. Wirkte streng aber irgendwie dominant in der visuellen Art der Kontaktaufnahme mit mir. Eines Tages schob sie mir nach dem Unterricht – sehr dreist wie ich fand – einen Zettel zu, auf dem ihre Telefonnummer und ein Termin notiert waren. Dieser Termin war der Freitag in der kommenden Woche.

Montags darauf – nach besagtem Freitag – kam sie – selbstbewusst wie sie war – vor Unterrichtsbeginn auf mich zu und sprach mich direkt auf ihren Dating-Zettel an. „Du hast dich ja gar nicht gemeldet..., hattest bestimmt viel zu tun, nicht wahr?!" Ich erwiderte angewidert, dass ich in der Tat viel zu tun, aber offen gesagt, auch kein Interesse daran hatte, sie privat zu treffen. Ihrer Reaktion gemessen, schien sie nun ziemlich sauer auf mich zu sein und sie war es wohl nicht gewohnt, einen ‚Korb' zu erhalten.

Eines Morgens – nach unserer Frühbesprechung – traf ich die aufdringliche Pflegeschülerin in unserem Sozial- und Pausenraum wieder. Sie grüßte mich distanziert höflich und fragte mich, ob ich ihr zwei Fragen zur Unfallchirurgie beantworten könne. Ich sagte freundlich „ja" und sofort bombardierte sie mich mit ziemlich fachspezifischen Fragen zu Themen von Verletzungen der Halswirbelsäule und Operationen in diesem Bereich. Ich konnte allerdings nicht sofort alles ausführlich beantworten und so bat ich die Schülerin um ein wenig Geduld, damit ich das ein oder andere noch einmal genauer nachlesen könnte. Kaum zu Ende gesprochen brüllte sie plötzlich auf mich ein: „Sie geile Sau...und Ahnung von Unfallchirurgie haben Sie auch keine! Lassen Sie mich sofort los!" Ich war geschockt und wusste im Moment nicht, was ich sagen sollte. Ich hörte sie nur noch von Weitem von Anzeige, Chefarzt, Geschäftsführung und Gericht schreien. Ich fasste mich aber schnell wieder, da ich unmittelbar vorhatte, meine Vorgesetzten von diesem Vorfall zu unterrichten, bevor es diese blöde Schlampe machte. Sie sprach von Gericht. Sie wusste nicht, dass ich ihr Richter – und ihr Henker – war.

Die nächsten Tage waren ein wenig Spießrutenlaufen für mich. Trotz, dass ich sofort meine Vorgesetzten informierte, machten sich einige ‚Low-Brainer' über mich lustig und ich merkte, dass man über mich redete. Eine ausführliche Recherche der Geschäftsführung zeigte auf, dass diese Pflegeschülerin solche Situationen schon zweimal absichtlich bei ihren vorherigen Arbeitgebern verursacht hatte. Ich war sehr erleichtert, dass ich in unserer Klinik nicht weiter für schuldig erklärt wurde. Die Schülerin wurde entlassen und es folgte – auf Drängen der Klinik – eine Anzeige wegen Verleumdung und Vorgabe einer Straftat, welche keine war. Wenn es nach mir gegangen wäre, hätte es diese Klage nicht gebraucht, denn ich hatte ja bereits ihr Todesurteil gefällt. Ich schaute mich also wieder nach einem neuen Job in einer anderen Gegend um. Allerdings ließ ich mir sehr lange Zeit – genaugenommen fast neun Monate.

***

Sie joggte gerne und lange.

***

Heute trat zum ersten Mal die Sonderkommission ‚Hospital' zusammen. Nachdem die Polizeikreisbehörden die Mordfälle aufgenommen hatten, wurden sie in den jeweilig zuständigen Landeskriminalämtern abgeglichen. Als Resultat ergab sich dann ein gemeinsamer Nenner – nämlich das Krankenhaus. Das Computerprogramm spuckte bei fünf erfolgten und nicht aufgeklärten Mordfällen in den letzten vier Jahren in Bayern und Baden-Württemberg immer wieder das Krankenhaus als Bezugspunkt der Opfer aus.

An der Sonderkommission der Bundesländer waren ein Polizeirat sowie ein Hauptkommissar als Ermittlungsleiter der jeweiligen Landeskriminalämter beteiligt. Insgesamt untersuchten nun 14 Polizisten, Kriminalisten, Profiler und Psychologen die Fälle. Alle Opfer waren Patienten, Ärzte oder vom Pflegepersonal. Wer könnte bei dieser Opferkonstellation in Frage kommen. Hier versagte das Computerprogramm, es mussten sozusagen echte menschliche Gehirne mit beruflicher Erfahrung und Intuition ran.

Ermorden Patienten Ärzte, die Behandlungsfehler machten? Theoretisch möglich. Ermorden Ärzte Patienten oder Schwestern? Theoretisch möglich aber doch eher unwahrscheinlich. Ermorden Schwestern Ärzte oder Patienten? Auch eher kaum. Ok, es gab wohl den einen oder anderen Fall, bei dem jemand vom medizinischen oder pflegerischen Personal – zum Beispiel auf Intensivstationen oder in Altenheimen – solche Taten ausgeführt hatte. Aber irgendwie passte das alles – auch im Hinblick auf die Art der Tötung – nicht in das Gesamtbild, welches in dieser Sonderkommission immer und immer wieder zerpflückt wurde.

Allein die Vorbereitung der Untersuchungen war ein datenschutzmäßiges Supermanöver. Die Innenminister beider Bundesländer sowie die Datenschutzbeauftragen der Länder mussten hinzugezogen werden, um keine Fehler zu machen, welche die Länder später teuer bezahlen müssten.

Die Zuständigen der Computer warfen folgende Informationen heraus: Patienten, Angestellte und Ärzteregister mit Bewerbungsunterlagen, die angefordert wurden. Von sämtlichen oben genannten Personen wurden drei Monate vor einer und drei Monate nach einer Tat die Daten abgeglichen. Wohnort, Umzüge, Einträge in die Personalakten – wie Abmahnungen oder Entlassungen – Vorstrafen, Auffälligkeiten im Bezug auf sozialen Umgang, Besonderheiten wie Schulden, Handicaps und viele weitere Details. Die Erkrankungen der Patienten wurden – nachdem die ärztliche Schweigepflicht aufgehoben war – mit den therapeutischen Maßnahmen und gegebenenfalls Misserfolgen oder Klagen von Patienten abgeglichen. Es war eine wahnsinnige Daten- und Informationsflut, welche von den 14 Fachleuten – von denen nur etwa zwei Drittel wirklich am Schreibtisch arbeiteten und die Daten sortierten und interpretierten – bearbeitet wurden. Natürlich kam es immer wieder zu irgendwelchen Übereinstimmungen, die auf Nachfrage und Abgleichen von weiteren Daten dann doch wieder Ermittlungsnieten waren. Sieben in Frage kommende Krankenhäuser und über 10.000 Personen – ambulante sowie stationäre Patienten, Angestellte sämtlicher Abteilungen und Arbeitsbereiche – wurden in den Zielzeiträumen ausgewertet. Viele der fokussierten Personen hatten hundertprozentige Alibis oder konnten aus anderen diversen Gründen nicht in Frage kommen. Es wurde sozusagen viele Monate erfolglos ‚im Dunkeln getappt'.

Schließlich meldete sich ein älteres Ehepaar, aus einer Stadt am Bodensee, bei der zuständigen Polizeiwache und berichtete, dass sie vor einigen Monaten einen kleinen Hund an einer Laterne angebunden fanden, welcher laut Aussage der Tochter des ermordeten Chefarztes gehörte. Sie übergaben den Hund selbstverständlich der Tochter wieder und wechselten zuvor die Hundeleine aus, da sie total abgenutzt und teilweise schon rissig war. Der Mann legte die alte Leine in die Garage in eine Kiste mit Sperrmüllkleinteilen und entsorgte diese Kiste allerdings bislang nicht.

***

Ich wusste nun wo sie joggen ging und mit dieser Information schmiedete ich meinen Plan, die Schwester zu erledigen. Meine neue Stelle war etwa 360 Kilometer von dem Wohnort im Fränkischen entfernt und ich musste sehr oft hin- und herfahren, weil ich nicht mitbekam, dass die Schwester nicht mehr in ihrem Appartement in der City wohnte, sondern an den deutlich mietgünstigeren Stadtrand gezogen war. Ich kam nur darauf, weil ich sie einige Male beim Joggen beschattete und ihr am letzten Wochenende hinterhergefahren bin. Die Joggingstrecke war jedoch zum Glück dieselbe.

Meine jetzige Tätigkeit fokussierte sich auf die Notfallmedizin und so war ich in einer beschaulichen Pfälzer Weinstadt als Notarzt an einer Klinik tätig. Ich teilte mir die Schichten mit sieben weiteren Kollegen, die allerdings alle in den einzelnen klinischen Abteilungen des Krankenhauses tätig waren. Ich war sozusagen der einzige Arzt, der diese Tätigkeit als Vollzeitstelle ausführte. Dementsprechend musste ich auch sehr oft auf das Notarzteinsatzfahrzeug. Da ich außerdem noch leitender Notarzt war und somit bei sehr schweren Unfällen oder besonderen Einsätzen regelmäßig hinzugezogen wurde, hatte ich auch häufig das zweite Diensttelefon. Meine Freizeit war demnach diesmal deutlich reduzierter als in den vorherigen Jobs. Dies machte mir – zu meinem Erstaunen – allerdings wenig aus, da ich völlig in dieser notärztlichen Tätigkeit aufging.

***

Ich sah sie aus sicherer Entfernung mit ihrem kleinen Cabrio auf den Waldparkplatz einbiegen. Sie stieg aus und schaute noch einmal in den Außenspiegel – wohl, ob alles richtig saß. Völlig überflüssig vor einer Joggingrunde, dachte ich. Ihr rosa Jogginganzug und ihre grellgrünen Laufschuhe sowie das gleichfarbige Stirnband leuchteten in der Dämmerung. Gerade bogen zwei Jogger – vom Rundweg kommend – wieder auf den Parkplatz ein. Sie sahen mich zum Glück nicht. Ich wusste, dass sie für die ungefähr acht Kilometer ca. 45 bis 50 Minuten brauchte und so machte ich mich ganz gemütlich auf den Weg, um ihr entgegen zu gehen.

Mittlerweile war es fast dunkel und die Beleuchtung der Joggingstrecke war spärlich. Aber da hier wohl noch nie etwas passiert ist, fühlten sich die Laufsportler sicher. Ich erreichte nach ein paar Minuten die Lichtung und stellte mich hinter ein Gebüsch. Rasch nahm ich meine Schutzkleidungsaccessoires aus der Tüte und begann alles anzuziehen. Zum Schluss holte ich die Drahtschlinge mit den beiden Holzgriffen heraus. Noch wenige Minuten, dann würde sie vorbeilaufen. Plötzlich hörte ich rhythmische Laufgeräusche und ein dazu passendes Ausatmen betontes Schnaufen. Sie verfügte noch über genug Kraft, um Richtung Parkplatz zu laufen – aber einem Angriff würde sie in dem jetzigen energetischen Zustand nicht mehr standhalten – war ich mir sicher. Jetzt war sie auf meiner Höhe. Es ging – wie immer – alles ganz schnell. Ich stürzte aus dem Gebüsch, sie wollte sich gerade umdrehen, da legte ich ihr – ohne, dass sie eine wirksame Gegenwehr leisten konnte – die Drahtschlinge um den Hals und zog zu. In Sekundenschnelle schnitt ich ihr mit dem scharfen Draht die Kehle durch bis auf ihre Halswirbelsäule. Das reichte und ich ließ sie wie einen nassen Sack fallen. Mit durchdringenden

Worten sprach ich zu ihr: „Das Urteil ist gefällt, die Hinrichtung vollzogen! Sie wollten ja, dass wir uns vor Gericht sehen." Ich nahm die blutige Drahtschlinge und lief – für meine Verhältnisse schnell – zu meinem Auto zurück. Die Schutzkleidung entsorgte ich – wie immer – in einem Container an einer Raststätte. Zuhause angekommen ging ich erst einmal duschen, dann kochte ich die Drahtschlinge für etwa eine Stunde. Für den restlichen Abend freute ich mich auf meine Playstation und meine zwei Burger, die ich zwischenzeitlich in den Ofen geschoben hatte.

***

Am nächsten Tag hatte ich wieder 13 Einsätze und bis auf einen wirklich unschönen Einsatz mit einer erfolglosen Reanimation war der Tag erfolgreich.

In meiner nächsten Nachtschicht rief man uns zu einem älteren Ehepaar, sie ca. 68 bis 70 Jahre alt, sehr resolut und tonangebend, er – da wir ihn fragten – 76 Jahre alt und soweit auch noch sehr rüstig. Der ältere Herr lag blass mit leicht zyanotischen Lippen auf dem Sofa und stöhnte leise vor sich hin. Seine Ehefrau hatte ihm einen feuchten Waschlappen auf die Stirn gelegt und lief die ganze Zeit aufgeregt durch das Wohnzimmer. Unser Notfallteam – bestehend aus einem Notfallsanitäter, einem Rettungssanitäter, dem Fahrer des Notarzteinsatzfahrzeuges (NEFs) und mir – kümmerte sich zunächst um den Herrn. Nachdem ihm eine Sauerstoff-Nasenbrille wieder etwas Erleichterung verschaffte, wurde ein EKG geschrieben. Hierauf sah man schon von Weitem ein krankhaftes Blockbild der elektrischen Kurve – besser gesagt, einen sogenannten Linksschenkelblock mit einhergehender Tachykardie – also einer deutlichen

Herzfrequenzerhöhung. Ich ging davon aus, dass der Mann eine bekannte Herzschwäche hatte und unter einem momentanen akuten Asthmaanfall litt, was für sein Herz und seine Lunge im Moment ein ziemlicher Kampf bedeutete. Nach ein paar Minuten schob seine Frau den ersten Sanitäter beiseite und forderte unser Team lautstark auf, dass wir doch endlich etwas machen sollten – so könne es ja wohl nicht weitergehen. Der Fahrer des NEFs schob die Dame sachte beiseite und machte uns wieder Platz zum Agieren. Nach dem Anhängen einer Infusion verabreichte ich dem Patienten ein Medikament zur Reduktion der Herzfrequenz und bat, ihn auf die Trage zu heben. Da es ihm noch nicht wesentlich besser ging und – im Gegenteil – die Atemnot zunahm, drohte die Ehefrau fast handgreiflich zu werden. Sie zog mich an meiner Jacke und schlug mir gegen den Oberarm, was mir einfiel, ihn nicht sofort wieder richtig zum Atmen zu bringen. Ich schaute sie wütend an und wurde auch langsam laut. „Treten sie sofort zurück – oder wollen sie und in unserer Arbeit behindern?", fragte ich sie in einem scharfen Tonfall. Sie antwortete wie aus der Pistole geschossen: „Sie behindern die Heilung meines Mannes, ich werde sie anzeigen, Sie Idiot! Von Medizin haben sie keine Ahnung. Hören Sie gefälligst auf mich und ihre Kollegen!" Ich sah im Augenwinkel, wie mich der Notfallsanitäter aus irgendeinem Grund böse anschaute und mit dem Kopf schüttelte. Ich dachte, es ginge um das Verhalten der Frau, wurde aber später eines Besseren belehrt.

Der ältere Herr war nun in den Rettungswagen gebracht worden – seine Ehefrau lief immer noch schimpfend und keifend hin und her. Ich nutzte einen kleinen Moment und ging auf sie zu und sagte: „Regen Sie sich nicht auf, liebe Frau, wir haben alles im Griff!" Da rastete sie komplett aus und schrie mich an: „Sie unfähiger Arzt, sie arrogantes Arschlosch...ich mache ihnen die

Hölle heiß!" Ich wartete ein paar Sekunden, holte tief Luft und antwortete leise, sodass sie es kaum hören konnte: „Da wirst du bald sein, du alte F…!" Sie rief mir noch etwas hinterher – dies war mir allerdings nun total egal. Ich hatte mein Urteil in diesem Augenblick bereits gefällt.

Wir fuhren den älteren Herrn in das nahegelegene Krankenhaus, welches auch eine kardiologische und pneumologische Abteilung besaß. Dort wurde er sofort auf die Intensivstation gebracht.

Laut Auskunft der Kollegen ein paar Tage später, erholte sich der ältere Mann langsam. Er wurde mit speziellen Medikamenten wegen seiner Lungenerkrankung behandelt, seine Herzfrequenz beruhigte sich auch unter der adäquaten medikamentösen Therapie wieder. Soviel ich hörte, wurde er nach neun Tagen – mit anderen, spezifischeren Herz- und Lungenmedikamenten – nach Hause entlassen.

Ich war nun über sieben Monate an dieser Klinik und fuhr alle zwei Tage 12-Stundeschichten als Notarzt. Eigentlich wollte ich nicht wieder in diese anstrengende Mühle und so bewarb ich mich auch wieder weg von hier – in Richtung mittleres Hessen. Dort wollte ich mindestens ein Jahr verweilen und mir eine Anstellung als Organisationsleiter des Rettungsdienstes in einer osthessischen mittelgroßen Stadt suchen. Leider wurde die Bewerbung abgelehnt. Ich ließ mich aber nicht demotivieren und so schrieb ich noch fünf weitere Bewerbungen auf ähnliche Stellen in der genannten Region.

***

Mittlerweile wurden im LKA Baden-Württemberg DNA-Abgleiche mit 21 in Frage kommenden Verdächtigen durchgeführt – alle Ergebnisse waren negativ. Sämtliche DNA-Spuren waren eher Verdachts-DNA als wirklich gute Proben. Aber die Sonderkommission untersuchte weiter und so nahm auch die Datenlage ebenfalls weiter zu.

***

Die ‚Alte' von dem Patienten vor ca. sieben Monaten machte es mir sehr einfach. Ich bekam heraus, dass sie mittlerweile auch stationär als Patientin in der ortsansässigen Kardiologie war und nun eine Anschlussheilbehandlung in einer Reha-Klinik an einem nahegelegenen Fluss in einer hervorragenden Weinbauregion antrat. An dem kommenden Wochenende machte ich mich auf den Weg, zog mir einen patiententypischen Jogginganzug an und fuhr in Richtung besagter Reha-Klinik. Ich parkte auf dem hauseigenen Parkplatz – etwas am Rande der Fläche – und schlenderte im Stil eines Reha-Patienten um das Haus herum. Selbstbewusst betrat ich das Foyer, begrüßte die Empfangsdame und ging – da es bereits 12.30 Uhr war – in Richtung Speisesaal. Dort angekommen, schaute ich mich im Saal um und zog mit einer ausladenden Geste meine Brille heraus und setzte sie auf. Mit der Brille, dem hellgrauen Jogginganzug und dem Siebentagebart war ich sicherlich ein schnell wieder zu vergessender Nobody. Da sah ich sie. Trotz Pseudosportanzug, aufgetakelt, wie ich sie in Erinnerung hatte. Das grelle Orange des Jogginganzuges und die rot geschminkten Lippen machten sie zu einer unverwechselbaren Clown-Figur unter den anwesenden Patienten. Ich bestellte mir an der Theke einen Cappuccino und stellte mich an einen der vier Stehtische. Die Alte – wie ich sie nannte – gestikulierte ausladend und drängte wohl den anderen beiden Herren irgendwelche Storys am Esstisch auf. Ich sah, wie einer der Herren die Augen rollte, so nach dem Motto ‚schwätz nicht so viel'. Nach ein paar Minuten erhob sich die Alte und brachte ihr Essenstablett in einen Regalwagen. Sie verschwand in Richtung Ausgang. Ich folgte ihr in einem unauffälligen Sicherheitsabstand. Sie spazierte aus der Klinik und ging Richtung eines Rundweges, welcher mit 3,5 Kilometern auf dem Schild am ersten Baum angegeben war. Zwischen ihr und mir spazierten noch vier weitere Personen, sodass ich nicht wirklich für sie zu sehen war. Nach ca. zwei Kilometern bog sie plötzlich ab und ging zwischen den Bäumen querfeldein. Ich folgte ihr in etwa 50 Metern Abstand. Dabei ging ich immer von Baum zu Baum, um nicht gesehen zu werden. Nach ein paar hundert Metern gelang die Alte schließlich an einen kleinen Teich, an welchem wahrscheinlich auch geangelt wurde. Im Moment waren sie und ich aber die einzigen Personen an diesem kleinen Teich. Nachdem die Alte das Wasser erreicht hatte, kamen sofort ca. 20 Enten in ihre Richtung. Sie setzte sich auf einen größeren Baumstamm und holte eine kleine Tüte mit Brötchen und Brotresten heraus. Das

Geschnatter wurde größer und sie warf voller Hingebung die Brotreste an das Ufer, welche sofort von den Enten weggeschnappt wurden. Ich überlegte kurz, ob ich nächstes Wochenende wieder herkommen sollte, um die Sache zu beenden, entschied mich dann jedoch dagegen. Ich fasste also den Entschluss, hier und jetzt das Urteil zu vollstrecken. Ich griff in meine Hosentasche und zog ein paar Einweghandschuhe heraus, zog sie an und blickte mich noch einmal um. Irgendwo flog eine Maschine von dem nahegelegenen Charterflugplatz ab. Die Enten schnatterten, weil sie vermutlich noch mehr Brot wollten. In dem Moment lief ich schnell an das Ufer des kleinen Teiches. Bei ihr angekommen – sie hatte nicht einmal mehr Zeit, sich umzudrehen – fasste ich ihren Kopf und drückte sie Richtung Wasser, wo ich sie augenblicklich untertauchte. Ihr Gesicht, ihr Mund und ihre Nase waren von dem trüben Teichwasser bedeckt. An Atmen war nicht mehr zu denken. Die Alte wehrte sich heftiger als ich es erwartet hatte, sie zappelte wild mit den Armen umher, bis sie schließlich – nach ca. zwei Minuten – immer schwächer wurde und ihre Beine und Arme ein letztes Mal zuckten. Ich riss sie ein wenig hoch und flüsterte ihr ins rechte Ohr: „Nun hat die Hölle dich heimgesucht, du unverschämte alte Schlampe!" Ich wartete eine weitere Minute und ließ dann von ihr ab. Sie klatschte in ins Wasser. „Und Enten füttert man nicht mit Brot!", sagte ich leise vor mich hin. Langsam ging ich wieder Richtung Hauptweg. Von Weitem sah ich noch einige relaxte ‚Jogginganzugträger' – mich sah allerdings niemand mehr. Ich lief jetzt ein wenig schneller zu meinem Auto und setzte mich rasch hinein. Dann beobachtete ich erst einmal die Lage. Keiner lief schreiend umher, niemand rannte panisch in das Foyer. Sie schien noch unentdeckt zu sein.

Ich fuhr entspannt und tief befriedigt nach Hause. Schön, wenn man mit sich im Reinen ist, dachte ich mir.

***

Die Sonderkommission ermittelte inzwischen auch in Richtung Zulieferfirmen der relevanten Krankenhäuser. Es wurde für die Kollegen dieser Abteilung immer mehr Detailarbeit notwendig. Ein Kollege bekam eine aktuelle Dienstaufsichtsbeschwerde auf den Tisch, bei der ein Notarzt in einem kleinen Pfälzer Städtchen einen angeblichen medikamentösen Behandlungsfehler machte und ihn ein begleitender Rettungssanitäter anschwärzte. Der Polizist meinte nur: „Jetzt müssen wir uns auch noch mit Fällen von Kollegen-Antipathien beschäftigen, das geht zu weit!" Er legte diese Beschwerde in das Fach ‚Gesehen – nicht relevant'. So vergingen weitere Wochen ohne ein

Ergebnis. Da gelangte ein nächster Mord auf den Schreibtisch des Leiters der Sonderkommission. „Tote an einem Weiher in der Nähe einer Reha-Klinik gefunden" stand auf der Info-Mail. „Näheres folgt."

In der nächsten Besprechung der Sonderkommission wurde der Fall ausführlich vorgestellt. Eine der ersten Fragen aus dem Auditorium lautete: „Und? DNA-Spuren?" Diese Frage wurde verneint. Man hätte aber Abdrücke von Turn- bzw. Joggingschuhen der Größe 45 gefunden. Die Marke sei wahrscheinlich von einer amerikanischen Sportfirma. Es gab keine Probleme in der Akut- oder der Reha-Klinik, in der die Tote behandelt wurde, sodass man dort auch keinen Anhaltspunkt hatte. Der Ehemann berichtete allerdings, dass seine Ehefrau sehr aufbrausend war und immer wieder verbal mit Menschen zusammengerasselt sei. So auch mit einem Verkäufer eines Supermarktes, einem Kassierer an einer Tankstelle, einem Mechaniker, der ihr die Reifen am Fahrzeug wechselte und einem Notarzt, vor einiger Zeit. Keiner der Ermittler reagierte in irgendeiner Form überrascht, bis auf Hauptkommissar Schneider, welcher immer wieder zu sich sagte: „Da war doch etwas mit einem Notarzt vor ein paar Wochen – was war das noch gleich?" Er hörte weiter den Vorträgen zu den aktuellen Ermittlungen zu. Plötzlich fiel ihm ein, dass er heute früher nach Hause, da seine Tochter Geburtstag hatte und er unbedingt noch ein Geschenk besorgen müsste.

Am nächsten Tag lag ein Zettel auf seinem Schreibtisch, auf dem stand, dass er unbedingt seinen Chef anrufen sollte, da es neue Erkenntnisse gäbe.

***

Ich war zum vierten Mal vorgeladen. Es ging immer noch um die Anschuldigung des

Rettungssanitäters, genauer gesagt des Rettungsassistenten, welcher behauptete, ich hätte bei einem Patienten mit Asthma bronchiale und drohendem Herzversagen die falschen Medikamente verabreicht. Unterm Strich ging es dem Patienten gut und ich konnte durch recherchieren der aktuellen Studienlage und der aktuellen Leitlinien nachweisen, dass meine Medikation vielleicht nicht hundertprozentig optimal gewesen sei, verkehrt oder gegen die Regeln war sie auf jeden Fall aber auch nicht. So wurde ‚mein Fall' endlich abgeschlossen. Ein paar Tage später kam der dafür verantwortliche Sanitäter auf mich zu, entschuldigte sich höflich und sagte, dass es ihm leid täte und er gerne wieder mit mir zusammen Notarzteinsätze fahren würde. Ich nahm die Entschuldigung an und fühlte mich erstaunlich gut und bestärkt in meinem Handeln. Es kamen auch keine Aggressivitätsgedanken zum Vorschein. Ich war selbst überrascht. Allerdings ließ ich mich nicht mehr mit diesem Kollegen einteilen. Die nächsten Wochen verliefen relativ unspektakulär. Viele internistische Einsätze, drei schwere Unfälle, davon zwei mit PKWs und einer mit einem Motorrad. Zum Glück alle ohne wirklich lebensgefährliche Verletzungen.

***

Es war Sonntag und ich hatte Dienst. Das Wetter war relativ schön und so überlegten wir – in der Mittagszeit – den Grill aufzustellen. Wir schauten in unseren Kühlschrank auf der Wache und fanden zum Glück noch ein paar Grillwürstchen, die noch nicht abgelaufen waren. Ein Kollege fuhr schnell mit dem Notarzteinsatzfahrzeug um die Ecke zu einer offenen Bäckerei und besorgte ein paar Brötchen. Wir konnten es kaum erwarten, uns auf die Würstchen mit Senf und die Brötchen zu stürzen, als uns die Einsatzmeldung von der Leitstelle: „Aggressive, psychisch auffällige Person in Situation der häuslichen Gewalt" erreichte. Das war alles, nur nicht mein freudiges Spezialgebiet. Ich war stocksauer, dass wir wegen so einem Mist auf unsere Würstchen verzichten mussten. Aber auch die anderen stiegen schlecht gelaunt in die Einsatzfahrzeuge. Ich vergewisserte mich, dass auch die zuständigen Behörden wie das Ordnungsamt sowie die Polizei ebenfalls Richtung Einsatzort unterwegs waren.

Am Einsatzort angekommen, war schon ein ordentliches Chaos im Gange. Eine Funkstreife traf ein, die Kollegen hatten bereits ihre Lederhandschuhe angezogen. Aus der Wohnung im Erdgeschoss hörte man Schreie und eine brüllende Männerstimme: „Hau endlich ab, du kleines Flittchen, sonst können deine Angehörigen den Rest deines Schädels von der Wand abkratzen!" Das klang nicht gut und so bat ich die Polizisten, als erstes in die Wohnung zu gehen. In diesem Moment flog ein Küchenstuhl durch das Fenster. Verletzt wurde zum Glück niemand dabei. Einer der beiden Rettungssanitäter fuhr zum ersten Mal mit mir mit. Sofort zog er eine Spritze auf, die er mir schnell überreichte: „Haloperidol-Promethazin-Mischung, einfach durch die Klamotten in den Muskel, falls er nicht spurt." Ich nickte, ja, das kannte ich auch und ich war froh, einen erfahrenen Sani an Bord zu haben.

In der Wohnung roch es nach Zigaretten. Die Frau — wahrscheinlich die Frau des durchgeknallten Typs – saß weinend im Flur. Der Typ, groß, kräftig – ich schätzte etwa 1,90 Meter und ca. 100 Kilo – stand relativ ruhig vor den Polizisten und versprach, friedlich zu bleiben. Er hatte eine hellblaue Jeans an, seine kräftigen Oberarme schauten aus einem schwarzen T-Shirt heraus. Ich versuchte, mir einen kurzen Überblick zu verschaffen und fragte in die illustre Runde, ob wir im Moment helfen könnten – die Bratwurst natürlich im Hinterkopf. Da die Frau im Flur starke Angstreaktionen zeigte, eine Behandlung aber ablehnte, sprachen die Polizisten – nachdem der Typ weiter auf die Frau einbrüllte und sie beleidigte – einen Platzverweis aus und somit musste der Typ die Wohnung verlassen. Da es aus Sicht der Polizei und zugegebenermaßen auch aus meiner Sicht unvertretbar gewesen wäre, den Typen draußen rumlaufen zu lassen – zumal er garantiert sofort wieder zurückkäme, wenn wir weg wären – da auch noch nicht geklärt war, ob Alkohol oder Drogen im Spiel waren, mussten wir uns etwas einfallen lassen. Auf die Polizeiwache wollte er partout nicht mitkommen und so richtig lag auch kein Grund vor, ihn einfach mitzunehmen. Nach kurzer Rücksprache mit den Polizisten überredete ich ihn zu einer kurzen Behandlung in einer – wie ich sagte – ‚Klinik für gestresste Männer', meinte aber natürlich eine Akut-Psychiatrie. Der kräftige, durchgeknallte Typ willigte ein und ging mit uns nach draußen zum

Rettungswagen. Da er keine Gegenwehr leistete – und auch sonst ganz kooperativ war – entschied man sich, auf die Handschellen zu verzichten – ebenso auf die ‚neuro-psychiatrische Sedierung‘ mittels Spritze.

Kurz bevor der Typ die Stufe zum RTW betrat, knickte er mit dem Fuß weg. Damit er nicht stürzte, stützte er sich reflexartig an meinem linken Oberarm ab. Da ich auch nur ein T-Shirt anhatte und die Notarztjacke noch vorne im Wagen lag, kratzte er mich bei dieser Aktion am Oberarm. Ich konnte ihn mit seinem Gewicht nicht festhalten und so fiel der Mann auf die Knie. Wir halfen ihm wieder auf die Beine. Er schaute uns an und fluchte in meine Richtung, was ich für ein Arschloch sei und ob ich komplett unfähig sei, ihn normal festzuhalten. Er nannte mich nochmals „Idiot" und „Schwachkopf", schaute mir tief in die Augen und sagte: „Schau mich an, du Idiot, diese Augen wirst du nie mehr vergessen!" Ich erwiderte seinen Blick, konnte allerdings nicht antworten, da zu viele Zeugen drumherum standen. Ich dachte für mich: „Genau, diese Augen werde ich niemals vergessen – du wirst sehen was du davon hast!" Er wäre genau der Richtige für meinen Taser und einen Stich unterhalb des Brustbeines nach oben ins Herz. Genüsslich stellte ich es mir vor.

Während der Fahrt in die psychiatrische Klinik begleitete uns aus Sicherheitsgründen ein Polizist im Transportbereich des RTWs. Inzwischen machte ich mir Gedanken, wie lange meine letzte Tetanusimpfung zurücklag und ob ich sicherheitshalber eine Antibiotikatherapie – aufgrund des Kratzers – beginnen sollte.

Am nächsten Tag überlegte ich mir, wie, wann und wo ich den Typen – der mich am Arm verletzt und beleidigt hatte – töten würde. Normalerweise lasse ich mir damit ja mehr Zeit, um keine Fehler zu machen, aber der Typ machte mich – aus irgendeinem Grund – einfach sauaggressiv. Durch einen Kollegen erfuhr ich, dass der Typ wieder aus der psychiatrischen Akutklinik entlassen wurde. Ihm sei auferlegt worden, sich nicht mehr bei seiner Freundin sehen zu lassen und eine ambulante psychiatrische Therapie zu beginnen. Ich bekam heraus, wo er wohnte und wo er seine Freizeitaktivität verbrachte. Ich stellte mich ein paar Mal auf den Parkplatz des Sportstudios, in welchem er dreimal die Woche seine Muskeln trainierte. Er parkte immer auf dem gleichen Parkplatz, abseits des Haupteingangs. Der Parkplatz war zu der Zeit – in der er trainierte – wenig besetzt. Kein Wunder, war es auch eine Zeit, zu welcher normale Menschen arbeiten gingen. „Bestimmt ein Hartz-IV-Typ", dachte ich angeekelt. Mein Plan stand.

***

Die endlich erwartete gute Nachricht kam, als die Truppe der Sonderkommission gerade gemeinsam die Mittagspause verbringen wollte. Es gab Burger und alle – bis auf eine bayrische Kollegin, die Vegetarierin war – freuten sich auf das Essen. Erwartungsvoll nahm der Gruppenleiter den Zettel entgegen und hielt die hungrige Truppe kurz zurück. Voller Stolz verkündete er: „Wir haben ihn!" Alle schauten ihn fragend an, aber man musste noch auf seine genaueren Informationen warten. „Aber zunächst geht der Burger vor", sagte er freudig.

Nach dem Essen versammelten sich alle gesättigt und voller Spannung im großen Konferenzraum, in dem sich auch ein Beamer und viele andere technischen Geräte befanden.

Dem Anschein nach hatte der Polizeirat vom LKA Baden-Württemberg schon vor einigen Tagen einen Vortrag zum Vollzug der Festnahme vorbereitet. Er fing an, mit den Worten: „Unsere professionelle Arbeit der letzten Monate hat endlich Früchte getragen! Wir haben den Mörder des zweiten Opfers und ich vermute, damit haben wir auch den Mörder des 1., 3. und 4. Opfers, welche alle mit Krankenhäusern oder Krankheiten zu tun hatten. Die DNA an der Hundeleine, welche ein älteres Ehepaar am Bodensee aufhob, weil sie der Tochter des Opfers eine neue Hundeleine schenkte, stimmte mit der DNA der Haut von dem Notarzt überein, welche unser Kollege vom Sondereinsatzkommando aus Ludwigshafen dem mutmaßlichen Mörder in dem vorgetäuschten Sturz abkratzte." Kaum waren seine Worte beendet, brach ein tosender Applaus aus und man klopfte sich auf die Schultern. Ein großer Erfolg stand bevor. In dem weiteren Vortrag erörterte der Polizeirat die Vorgänge, die Vorgeschichten, welche in akribischer Kleinarbeit ermittelt wurden sowie die Tatabläufe, wie sie in vielen Voruntersuchungen nachgestellt wurden und mit hoher Wahrscheinlichkeit auch so abliefen. In einem Papierkorb am Rande der Stadt, in der die Reha-

Klinik lag, in welcher die alte Dame ermordet wurde, fand man schließlich zwei umgedrehte blaue Einmalhandschuhe – an denen man Parfümpartikel mittels Spektralanalyse nachweisen konnte. Diese stimmten eindeutig mit dem Parfüm der ermordeten Frau überein.

Die nächsten Schritte der Sonderkommission waren jetzt klar definiert. Man wusste, dass der Mörder aggressiv und rachesüchtig auf Beleidigungen reagierte. Profiler und Kriminalpsychologen entwarfen ein kristallklares Bild eines schwer gestörten Mannes, welcher im Rahmen seines Heimaufenthaltes in jungen Jahren ein massiv schlechtes Selbstwertgefühl entwickelte. Weitere Untersuchungen ergaben, dass er zwischen dem 16. und 19. Lebensjahr eine Jugendstrafe verbüßte. Er hatte damals eine sehr strenge aber gutaussehende Sozialarbeiterin in seiner betreuten Wohngruppe nach einer Beleidigung – welche auch unter die Gürtellinie ging – geschlagen und vergewaltigt. Leider ist zu dem damaligen Zeitpunkt keine DNA-Probe entnommen worden, da der Fall offensichtlich war und der junge Mann kurz nach der Tatdurchführung festgenommen wurde.

***

Die Observierung begann und der Arzt wurde auf Schritt und Tritt überwacht. Seine Telefone rund um die Uhr abgehört. Der SEK-Beamte machte sich mit seiner zu erwarteten ‚Hinrichtung' vertraut, die er cool und milde belächelte. Er war sozusagen ‚heiß' auf die bevorstehende Aktion.

***

Es war ein Donnerstag. Das Wetter war bescheiden, eine dichte Wolkendecke schaffte eine herbstliche Atmosphäre. Es regnete nicht. Ich stand auf dem Parkplatz, in der Nähe, wo sein

Auto immer stand und wartete, bis er ausgepowert mit seiner Trainingstasche zu seinem Auto ging. Der Taser funktionierte, das Jagdmesser wartete auf seinen Einsatz. Da kam er, verschwitzt und leicht rot im Gesicht. Er ging direkt auf sein Fahrzeug zu. Der Parkplatz war heute sehr leer, nur vor dem Studio standen fünf Autos. Der Psycho hielt an, drehte sich um, schaute Richtung des Sportstudios und ging wieder zurück. Wahrscheinlich hatte er etwas vergessen. Nach einem kurzen Augenblick war er wieder zu sehen und lief erneut zu seinem Auto. Ich machte mich startklar. Als er ungefähr drei Meter von seinem Auto entfernt war, drückte er auf die Fernbedienung und ich hörte ein leises klacken. Er öffnete zunächst die linke hintere Türe und legte seine Sporttasche hinein. Er beugte sich in das Auto und kramte wohl noch nach irgendetwas in der Sporttasche. Jetzt ging es los. Ich sprintete die ungefähr zehn Meter zu seinem Fahrzeug, in der linken Hand den Taser, rechts das Jagdmesser. Ich war noch etwa zwei Meter von ihm entfernt, als ich die linke Hand mit dem Taser nach ihm ausstreckte. Kurz bevor ich den Knopf zum Auslösen des Stroms betätigen konnte, ertönte ein lauter Knall, wie ich ihn noch nie gehört hatte. Gleichzeitig verspürte ich einen heftigen Stoß an der rechten Hand. Reflexartig ließ ich den Taser und das Messer fallen. Ich hörte nichts mehr, meine rechte Hand hatte kein Gefühl mehr, sie blutete. Dann traten meine Sinne weg.

***

Das Sondereinsatzkommando hatte ganze Arbeit geleistet. Nach zünden der Blendgranate – der Kollege am Auto trug professionelle Ohrstöpsel – schoss ein Scharfschütze dem Täter das Jagdmesser aus der rechten Hand. Der Kollege, welcher das eigentliche Opfer darstellte, hatte den geschockten Täter in Sekundenschnelle auf den Boden geworfen und fixiert. Zu diesem Zeitpunkt war er allerdings nicht mehr bei Bewusstsein. Aus allen Ecken des Parkplatzes kamen vermummte Polizisten gerannt, um die Festnahme zu vollenden. Nun war alles gelaufen – der gesuchte Serienmörder war gefasst. Alle jubelten und gratulierten sich gegenseitig. Der Verletzte wurde in einen RTW verfrachtet und innerhalb von wenigen Minuten war die ganze Szenerie wie vom Erdboden verschwunden. Was wie eine spannende Szene in einem Actionfilm aussah, war ein komplett perfekt durchgedachter Einsatz eines Spezialkommandos aus Mannheim. Am nächsten Tag liefen die Zeitungen über, aufgrund der Meldungen über die Verhaftung des ‚Klinikkillers', wie er nun genannt wurde. Es folgten Interviews, Pressekonferenzen und Danksagungen. Die Innenminister der drei beteiligten Bundesländer gaben ihre Stellungnahme ab. Die Sonderkommission wurde belobigt. Es gab Beförderungen.

Unterdessen konnte der Mörder wieder aus dem Gefängniskrankenhaus in die Untersuchungshaft einer ansässigen Justizvollzuganstalt verlegt werden. Das Gehör erholte sich allmählich. Die rechte Hand hatte aufgrund des Präzisionsschusses eine knöcherne Splitterverletzung, welche aufwendig operativ versorgt wurde. Tägliche Verbandswechsel und Befragungen wurden zur Routine. So kam heraus das Dr. med. Wolfgang Kanter ursprünglich Christoph Rainer Leinen hieß und offiziell gar kein Mediziner war. Während seines ersten Gefängnisaufenthaltes in seiner Jugendzeit beschäftigte er sich intensiv mit Medizin. Er las über 30 Fachbücher und eignete sich so ein umfangreiches Wissen an. Dr. med. Wolfgang Kanter war ein Bekannter, den er in seinen wilden 20er Jahren in einer Kneipe kennengelernt hatte. Eines Tages erfuhr Leinen, dass Kanter todkrank war und sterben wollte. Er wollte sich den langsamen qualvollen Krebstod nicht antun.

Kanter versprach Leinen, dass wenn er ihm das Sterben erleichtere, er seine Identität und seine ganzen Papiere und sein kleines Vermögen bekäme. Das ließ sich Leinen nicht zweimal sagen und so fuhren sie eines Sommers – nachdem Kanter seine Anstellung als Assistenzarzt in einer Abteilung für Innere Medizin gekündigt hatte – in einen gemeinsamen Urlaub. Auf einer beliebten Wanderinsel machten sie sich eines Morgens auf den Weg, zu einer mehreren hundert Meter hohen Steilklippe. Dort übergab Kanter Leinen die ganzen Papiere, mit den neuen – illegal aber perfekt gefertigten – Passbildern. Sie umarmten sich kurz und dann schubste ihn Leinen eiskalt von der Steilklippe. Er machte sich auf den Rückweg und da sie am Abend vorher bereits ausgecheckt hatten, fiel der ganze Betrug nicht auf. Der alte Leinen war tot – es lebte der neue Kanter. Und so bewarb sich der neue Dr. med. Kanter zunächst in der Nähe seiner Heimatstadt als Allgemeinmediziner, um erst einmal in die praktische medizinische Arbeit hineinzukommen. Es folgten weitere Anstellungen in der Anästhesie, der Inneren Medizin und eine komplette Facharztausbildung in der Chirurgie. Als Schwerpunkt ging es danach auf die Intensivstationen und in die Notfallmedizin, wo er schließlich auch als Höhepunkt ‚seiner Karriere' eine Oberarztstelle bekam.

***

Ich saß jetzt schon über ein halbes Jahr nach der Verurteilung in Haft. Es war eine sogenannte forensische Haftanstalt. Also, in der sozusagen Schwerverbrecher mit schweren psychischen Störungen einsaßen. Ich bekam lebenslänglich mit anschließender Sicherungsverwahrung – so lautete das Urteil damals. Ich musste – trotz der angeblichen Untherapierbarkeit – zu regelmäßigen psychologischen und psychiatrischen Gesprächen, bei denen immer ein Justizvollzugsbeamter mit Spezialausbildung, einer der vier Psychologen und einer der drei Psychiater anwesend war. In den ersten Monaten hatte ich Gruppengespräche. Ich bekam jeweils Punkte für diese Gespräche. Ab einer gewissen Anzahl an Punkten durfte man in die Einzelgespräche – unter anderem auch mit dem Gefängnisdirektor.

Am nächsten Montag war es soweit. Ich hatte ein Einzelgespräch mit einem der Psychiater. Ich erzählte ihm von meiner Kindheit, die mehr oder weniger von Entfremdung, Unterdrückung und Gewalt gekennzeichnet war. In der Jugendhaftanstalt durfte ich damals eine Ausbildung zum Koch absolvieren, die ich auch erfolgreich beendete. Nach Ende dieses – meiner Meinung nach guten – Gespräches bekam ich die Möglichkeit, in der Anstaltsküche zu helfen. Meine ersten Aufgaben waren die Bedienung der Spülmaschine und das Säubern von großen

Töpfen und Pfannen. Ich war ehrgeizig und wollte mich in Richtung „kochen" vorarbeiten. Aber im Moment war ich zufrieden. Kam ich doch an sämtliche Besteckteile heran. Messer wurden zwar gezählt, aber defekte Besteckteile wurden in einem verplombten Behälter gesammelt.

Eines Tages bekam ich die Möglichkeit zum Einzelgespräch mit dem Anstaltsdirektor. Er ließ sich alle Unterlagen über mich kommen – auch die Bewertungen der hiesigen Therapiegespräche und der Bewertung der Küchenarbeit.

Ich saß dem Chef der forensischen JVA gegenüber und das Gespräch fing sehr nett und höflich an. Er lobte meine Therapiewilligkeit und die Arbeit in der Küche. Außerdem war er sichtlich beeindruckt von meinen medizinischen Kenntnissen, die ich mir angelesen hatte und wie ich es fertiggebracht hätte, in diesem Beruf zu bestehen. Er betonte immer wieder nach seinen

Lobessprüchen: „Auch, wenn es nicht richtig war!"

Plötzlich kippte die Stimmung und er hatte Tränen in den Augen. Seine Stimme veränderte sich augenblicklich und er blickte mich böse an. Er begann das psychische Dauerfeuer mit den Worten: „Sie wissen nicht, wer ich bin, aber das wird sich ab heute ändern! Der Chefarzt am Bodensee, den sie töteten, war mein Bruder!" Mir lief es eiskalt den Rücken runter. Ich wusste zunächst nicht, was ich sagen sollte, erholte mich jedoch schnell von dem verbalen Schock und antwortete süffisant ironisch: „Ja, hätte ich das gewusst, Herr Direktor…" Ich wollte gerade noch sagen: „dann hätte ich mir beim Töten bestimmt noch mehr Zeit gelassen", als der Anstaltschef plötzlich anfing, mich anzubrüllen. „Du mieses, kleines Arschloch, du wirst in aller Länge dafür büßen, du Killerschwein! Im Leben nichts erreicht und nur ein kleiner kranker Killer. Und jetzt raus hier! Wir sehen uns bald wieder zum Einzelgespräch. Ich mache dich und deine Psyche fertig, das schwöre ich dir!"

Augenblicklich wurde ich wieder locker und komplett entspannt. Ich sagte: „Gerne sehen wir uns wieder – ich freue mich darauf, Herr Direktor!"

Zufrieden legte ich mich in meiner Zelle auf die Liege, schaute an die Decke und dachte noch einmal in Ruhe über das Gespräch mit dem Anstaltsleiter nach. Meine Hand tastete – während ich nach oben starrte – in einen Schlitz in der Matratze. Dann zog ich ein ausgemustertes kleines Küchenmesser heraus. Ich hatte es so präpariert, dass es nicht komplett in die plombierte Box fiel. In einer ruhigen Minute wickelte ich es in eine Verbandschicht von meiner rechten Hand und schmuggelte es auf meine Zelle. Die Klinge war zum Teil abgebrochen und ich schärfte sie jeden Tag ein paar Minuten an der Betonkante des Türrahmens oder an der Kante des Fenstersims. Ich wiederholte noch einmal leise die Worte voller Hass des Direktors, die an mich gerichtet waren. Dann überlegte ich kurz und dachte: „Genieße deine letzten Worte beim nächsten Gespräch mit mir – es werden deine letzten sein, Herr Direktor!"

***

Nach dem Mord an dem Direktor musste ich in den Hochsicherheitstrakt, durfte nicht mehr arbeiten, die tägliche Stunde Ausgang wurde für sechs Monate gestrichen und ich wurde tagsüber medikamentös ruhiggestellt. Ich begann zu schreiben….

Thore Stonewood – ein 1978 geborener Sohn eines amerikanischen Soldaten, dessen deutsche Mutter ein kleines Hotel in einer kleinen Pfälzer Weinstadt hatte.

Nach dem Abitur in Ludwigshafen studierte er ein paar Semester Medizin – unter anderem in Frankfurt am Main – stellte aber fest, dass es zumindest nicht sein Traumberuf werden könnte und legte im Anschluss ein Studium der Anglistik und des Journalismus hinterher. 2006 lernte er bei einem Urlaub an der US-Westküste – dort, wo sein Vater geboren wurde – eine US-Amerikanerin kennen und lebte dort einige Jahre in einem Vorort von Los Angeles mit ihr und ihrem Kind sowie einem gemeinsamen Kind. Während der Zeit begann er für zwei Tageszeitungen und ein Boulevardmagazin Berichte zu verfassen. Schließlich schrieb er mehrere Jahre Kurzromane, in denen sein erstes Studium – also die Medizin – immer wieder eine Rolle spielte.

Seit 2016 lebt er wieder alleine in Deutschland und war in einigen regionalen Tageszeitungen journalistisch tätig. Dieses kleine Werk ist nun in Deutschland sein Debut-Kurzroman.